Christine Bellune
Pierre Barrot

Nous, les enfants de 1977

De la naissance à l'âge adulte

Éditions Wartberg

Mentions légales

Crédits photographiques :

Archives personnelles, p. 4, 6-8, 9h, 11-12, 16-20, 24, 26, 28, 30-32, 34, 36, 38-41, 43-45, 47b, 51-52, 54-55, 57-58, 60-61, 63.
© Picture-alliance / dpa, p. 10, 15, 29, 48-49, 59 ; Picture-alliance / akg-images, p. 35 ; Picture-alliance / DPA FILE / epa, p. 47h ; Picture-alliance / Graeme Williams, p. 50 ; Picture-alliance / dpa / dpaweb, p. 53 ; Picture-alliance / dpa - Fotoreport, p. 56.
© Ullstein bild – Steche, p. 5 ;Ullstein bild – Werner OTTO, p. 13 ; Ullstein bild – Sven Simon, p. 23 ; Ullstein bild – Estorff, p. 27 ; Ullstein bild – dpa, p. 62 ; Ullstein bild – PAI-Foto.pl, p. 25.
© Roger-Viollet, p. 9b, 21, 37 ; Jacques Cuinières / Roger-Viollet, p. 14 ;
Alain Bonhoure / Roger-Viollet, p. 22 ; Geneviève Van Haecke / Roger-Viollet, p. 33 ;
Patrick Ullmann / Roger-Viollet, p. 46.

Nous remercions tous les ayants droit pour leur aimable autorisation de reproduction.
Dans le cas où l'un d'eux n'aurait pu être joint, une provision de droits est prévue.

9e édition, 2017

Un département de
Wartberg-Verlag GmbH
Im Wiesental 1
34281 Gudensberg-Gleichen
Allemagne

Conception graphique : Ravenstein & partenaires, Verden.
Imprimé en Allemagne sur les presses de Thiele & Schwarz, Kassel.

ISBN : 978-3-8313-2577-1

Préface

Chers enfants de 1977,

Naître sous Giscard, c'est chic ! Nous sommes les enfants de la société libérale avancée. Tandis que la guillotine coupe sa dernière tête, nous poussons notre premier cri. Pendant que Bokassa pose ses fesses impériales sur le trône centrafricain, nous prenons possession du sein maternel. Alors que la première fusée *Ariane* s'envole vers l'espace, nous faisons nos premiers pas, prêts à dévaster tout ce qui est à portée de main. Au moment où Cloclo disjoncte, nous perçons nos premières dents.

Maman se détend devant l'émission « Aujourd'hui Madame ». Papa s'instruit en regardant Platini marquer des coups francs. Le premier TGV file à 300 km/h. École maternelle : première maîtresse, premiers amoureux. Le mercredi, Dorothée devient notre seconde mère. Nos héros s'appellent Goldorak et Albator (plus fort que la mort). Sydney est notre professeur de danse ; il nous apprend à faire des cabrioles : hip-hop, bilboquet – zig-zag, smurf !

On nous dit que la France est comme une mobylette : pour qu'elle avance, il lui faut du mélange. Les HLM ne sont plus blêmes, ils deviennent blacks-blancs-beurs. Pendant mille jours, la télévision nous assène les noms de Marcel Carton et Marcel Fontaine. Deux vieux « diplos » enfermés au Liban. Ouf, on les libère ! Vite, on les oublie.

La France glorieuse a un Minitel que le monde entier lui envie. Nous sommes les enfants du rap et du fast-food. La vie est un hamburger que l'on croque à pleines dents – ça coule de partout. Il faut grandir, toujours plus haut : Magic Johnson sera bientôt dépassé. On bidouille la Game Boy, la tête sous le walkman. Tiens, voilà une princesse ! À peine plus grande que nous. Son vieux nous l'a cachée : elle s'appelle Mazarine, fille de Tonton.

1995 : la France est socialement fracturée. Un peu fêlée, aussi. Au point d'élire Jacques Chirac. « Ça va être pittoresque », prédit Mitterrand. C'est pittoresque : des grèves éclatent, des bombes explosent dans le RER et à Mururoa. Un vrai feu d'artifice. Trente-six chandelles pour nos 18 ans.

Pierre Barrot | Christine Bellune

1977-1979

Des racines et des ailes

Nous sommes accueillis comme il se doit par nos grands frères et sœurs.

Attention, enfants !

En 1977, une maman écrit à Françoise Dolto, qui anime l'émission de radio « Lorsque l'enfant paraît ». Elle attend un bébé et s'inquiète de voir sa première fille imiter ses exercices respiratoires de préparation à l'accouchement. La psychanalyste, qui en a vu d'autres, la rassure : sa fille n'ira pas jusqu'à la grossesse nerveuse. Pendant ce temps, beaucoup d'autres futures mamans tremblent car le

Chronologie

25 mars 1977
Jacques Chirac est élu maire de Paris.

1er octobre 1977
Le roi Pelé se retire des terrains de football.

18 octobre 1977
Mort en prison de plusieurs membres de la RAF.

5 novembre 1977
René Goscinny, créateur d'Astérix et du Petit Nicolas, s'éteint dans son appartement parisien.

11 mars 1978
Mort de Claude François.

14 mars 1978
Israël envahit le Liban.

16 mars 1978
Naufrage du pétrolier *Amoco Cadiz*.

9 mai 1978
Découverte du corps d'Aldo Moro, ancien président du Conseil italien, enlevé et exécuté par les Brigades rouges.

19 mai 1978
Les légionnaires français, parachutés à Kolwezi, sauvent le régime du président zaïrois, le maréchal Mobutu.

17 septembre 1978
Anouar el-Sadate et Menahem Begin signent les accords de Camp David.

25 décembre 1978
Au Cambodge, début de l'offensive vietnamienne qui mettra fin au régime des Khmers rouges.

11 février 1979
L'ayatollah Khomeyni prend le pouvoir à Téhéran.

26 mai 1979
Apocalypse Now de Francis Ford Coppola et *Le Tambour* de Volker Schlöndorff remportent tous les deux la Palme d'or au festival de Cannes.

20 septembre 1979
Intervention militaire française en Centrafrique : l'empereur autoproclamé Bokassa Ier est remplacé par David Dacko.

20 novembre 1979
Les gendarmes français du GIGN parviennent à éliminer un commando islamiste qui avait pris possession de la grande mosquée de La Mecque.

27 décembre 1979
Intervention militaire soviétique en Afghanistan.

Le pétrolier *Amoco Cadiz* fait naufrage en 1978 au large des côtes bretonnes.

gouvernement vient d'interdire le Distilbène, une hormone de synthèse prescrite depuis 1948 pour éviter les fausses couches. La France a découvert un peu tard que les filles des femmes qui ont suivi ce traitement pouvaient développer, en grandissant, un cancer du vagin. Aux États-Unis, le Distilbène est interdit pour cette raison depuis déjà six ans.

Il est un autre sujet sur lequel l'Amérique et la France sont en décalage : les adolescents. En janvier 1977, le journal *Le Monde* publie une lettre

ouverte signée par 69 artistes et intellectuels, dont Jean-Paul Sartre et Louis Aragon. Ils protestent contre la détention de trois personnes accusées d'avoir eu des relations sexuelles avec des mineurs âgés de 13 et 14 ans. En mars de la même année, de l'autre côté de l'Atlantique, Roman Polanski est accusé d'avoir violé une adolescente de 13 ans. Il plaide coupable de détournement de mineur, ce qui lui vaut d'être emprisonné pendant quarante-sept jours. Après sa libération sous caution, apprenant qu'il risque cinquante ans de prison, il quitte les États-Unis, où il ne remettra plus jamais les pieds.

Parents élégants.

Charte 77 : demain la liberté

La Charte 77 est une pétition signée par un millier d'opposants tchécoslovaques et publiée le 1er janvier 1977. C'est un texte austère, rédigé par des intellectuels qui revendiquent le respect des droits de l'homme et du citoyen en Tchécoslovaquie. Le gouvernement avait imprudemment reconnu ces droits en signant les accords d'Helsinki, négociés deux ans plus tôt avec les pays occidentaux.

Cette charte sera le point de départ d'un mouvement qui ira jusqu'à la chute du mur de Berlin et la disparition du Rideau de fer. L'un des porte-parole du mouvement, le philosophe Ian Patocka, mourra à la suite d'un interrogatoire. Un autre, l'écrivain et auteur de théâtre Vaclav Havel, sera condamné à quatorze mois de détention. Douze ans plus tard, il sera élu président de la République.

Les imprimés psychédéliques ne rendent pas tout le monde heureux.

Racines africaines

En 1977, Sébastien Chabal pousse son premier cri – et sa maman pousse un cri d'effroi en découvrant sa tête velue. La même année, la future chanteuse Shakira donne de la voix pour la première fois – et sa maman court ouvrir un compte en banque. C'est aussi l'année où Jeanne Moreau épouse William Friedkin, réalisateur de *L'Exorciste* et de *French Connection*. Les cinéphiles se précipitent pour voir *L'Homme qui aimait les femmes* de François Truffaut. On y apprend qu'il existe deux catégories de femmes – les « petites pommes » et les « grandes tiges » – et que « les jambes des femmes sont des compas qui arpentent le globe terrestre en tout sens, lui donnant son équilibre et son harmonie ». La série télévisée qui fait fureur aux États-Unis s'appelle « Racines ». C'est la saga d'un esclave, adaptée de l'œuvre d'Alex Haley. Vers le milieu du XVIIIe siècle, Kunta Kinte, un jeune garçon mandingue de Gambie, est capturé par des trafiquants d'esclaves anglais. Déporté sur un bateau négrier, il survit à une traversée qui voit périr quarante-deux de ses compagnons de captivité. Vendu aux enchères à un planteur de tabac de Virginie, il tente de s'évader, mais des chasseurs d'esclaves le rattrapent et l'amputent d'une jambe... Au fil des épisodes, la série rassemble plus de 100 millions de téléspectateurs et touche 85 % des foyers américains équipés de télévisions. C'est pourtant la première série dont tous les personnages principaux sont noirs. Elle sera diffusée en France un an plus tard.

Le Minitel comptera jusqu'à 25 millions d'utilisateurs.

Du soleil dans tes bras

Tandis que les noirs américains découvrent leurs racines, Maman attend un garçon. Son ventre pointe vers l'avant et l'occupant envoie de vigoureux coups de pied, dignes d'un footballeur de première division. Les vieux, les vieilles, les ancêtres et les devins en tout genre sont formels : aucun doute n'est permis quant au sexe de l'enfant, ce sera un mâle. Un « boug » (c'est-à-dire un bougre), comme on dit à la Martinique. Son nom a déjà été choisi : il s'appellera Ruben. Cette année-là, l'échographie n'en est qu'à ses premiers balbutiements en France métropolitaine. Pas la peine d'y compter sur notre île tropicale, pourtant française depuis 1635.

Cela me permet de déjouer tous les pronostics. Je suis une fille, la troisième de la famille. Prise au dépourvu, Maman doit improviser. Puisque Ruben n'a pas de féminin, elle emprunte le prénom de la sage-femme, Christine. Mon

Une maman très fière de son bébé.

prénom arrive en 44e position parmi les prénoms choisis en France en 1977, ce qui n'est pas si mal. Les mamans françaises qui ont accouché cette année-là ont appelé leurs garçons Sébastien, Nicolas ou David et leurs filles Stéphanie, Céline ou Sandrine. Au moment où je pousse mon premier cri, Michel Delpech chante : « Fais un bébé, c'est du soleil dans tes bras. »

Rien de meilleur qu'une crêpe !

Surnommées « les folles de la place de Mai » par les militaires argentins, les mères des disparus manifestent à Buenos Aires.

Enfants disparus, mères folles

« Nous allons d'abord éliminer les subversifs, puis les complices, puis leurs sympathisants et enfin, les indifférents et les tièdes. » Ainsi parle le général Alfredo Oscar Saint-Jean, gouverneur militaire de la province de Buenos Aires. Le programme qu'il expose est celui de la junte militaire au pouvoir en Argentine depuis 1976. Pour en finir avec l'instabilité, les attentats et les guérilleros baptisés « Montoneros », les généraux ont conçu un « processus de réorganisation nationale ».

En clair, il s'agit de brûler des livres et d'arrêter, de torturer et / ou d'éliminer des dizaines de milliers de personnes, principalement des ouvriers et des étudiants. Le « processus » s'appuie sur 344 centres clandestins de détention et de torture. Vivantes ou mortes, les victimes sont embarquées à bord d'avions ou d'hélicoptères et larguées en plein vol. Leurs enfants sont recueillis par des familles de policiers ou de soldats qui se chargent d'éradiquer en eux le virus de la subversion. On évaluera bientôt à 30 000 le nombre de disparus. Des femmes restées sans nouvelles de leur fils ou de leur fille osent braver la terreur, et se rassemblent chaque semaine dans le centre de Buenos Aires. Les généraux, qui les surnomment « les folles de la place de Mai », enlèvent et tuent plusieurs d'entre elles. Mais, grâce au courage de ces femmes, on commence à parler du drame argentin.

En 1978, l'un des stades dans lesquels le pays organise la Coupe du monde de football se situe à deux pas de l'un des pires centres de torture du pays. Les organisations de défense des droits de l'homme ont beau dénoncer la terreur, les militaires argentins paradent d'autant mieux que leur équipe nationale remporte le trophée.

Mais leur aveuglement finira par les conduire à leur perte. Incapables de redresser l'économie, ils se lancent dans l'aventure de la guerre des Malouines. Une défaite humiliante mettra fin à leur régime sanguinaire en 1982.

Tex Willer et les Indiens

Du soleil, on n'en manque pas aux Antilles. Et, pour ce qui est des bébés, Maman en a déjà trois sur les bras. Je viens après l'unique garçon de la famille, que mon père a appelé Willer (non classé au hit-parade 1977 des prénoms français) en hommage à un personnage de bande dessinée qui l'a accompagné tout au long de son enfance. Tex Willer est un héros du Far West. Il appartient au corps des Texas Rangers et a pour adjoint le célèbre Kit Carson, scout de l'armée américaine. Tex, chargé des affaires indiennes, devient chef de guerre de la tribu des Navajos, et épouse une jolie squaw, Lilith, avec qui il a un enfant. C'est alors que le malheur s'abat sur nos héros : Lilith contracte la variole et meurt dans d'atroces souffrances. Tex découvre que le microbe qui l'a terrassée provient de couvertures contaminées que des bandits ont sciemment introduites dans la réserve indienne. Tant de malheur et de méchanceté vont transformer notre héros en un justicier intrépide, traquant inlassablement les forces du mal.

En 1977, mon père est maçon et vit de petits contrats, d'un chantier à l'autre tandis que ma mère est de ceux qu'on appelle « gens de maison ». Le terme « domestique » n'est plus de mise, mais on n'a pas encore inventé l'expression

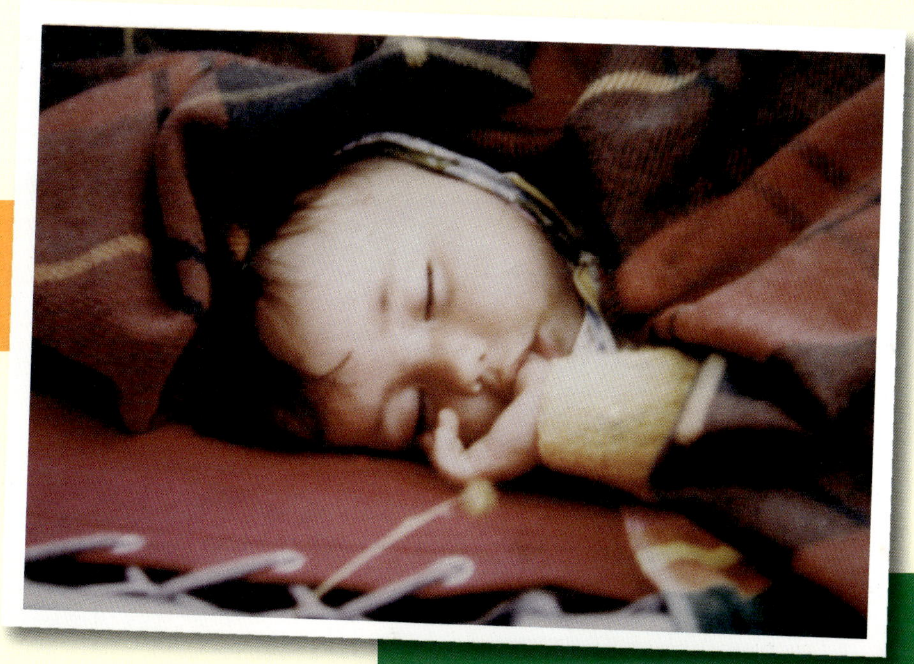

Une chanson douce...

« aide à domicile ». Alors que j'ai à peine atteint l'âge de 1 an, Papa décide d'aller chercher du travail en métropole : autant dire au bout du monde. Mais rien ne peut l'arrêter. Son héros, Tex Willer, n'est-il pas allé jusqu'en Patagonie ?

Le baptême est une chose sérieuse.

Divine providence

Mon père n'est pas seulement fan de Tex Willer, il est également un fidèle de l'Église adventiste du septième jour, la deuxième Église de Martinique. Comme tous ses coreligionnaires, il attend le retour glorieux de Jésus, respecte strictement les dix commandements, se consacre à la prière pendant le jour du sabbat et ne consomme ni alcool, ni tabac, ni viande de porc. Son Église déconseille même le thé et le café. Cette hygiène de vie s'avère très efficace : en Californie, des savants ont calculé que les adventistes vivaient cinq ou six ans de plus que la moyenne de la population, ce qui leur permet d'attendre Jésus nettement plus longtemps.

Lorsque Papa débarque en métropole, il trouve rapidement du travail dans une usine de caoutchouc, malgré la crise qui a déjà mis au chômage plus de 1 million de personnes. Il fera bientôt venir toute la famille auprès de lui ; nous avons 7 000 kilomètres à parcourir.

Attentat à la lampe de poche

J'ai failli ne pas être du voyage. À l'âge de 6 mois, alors que je dors comme un ange dans mon berceau, un individu muni d'une lampe de poche se hisse jusqu'à moi et me frappe violemment le crâne avec son instrument. Mes hurlements mettent la maison en émoi. Ma mère et ma grande sœur accourent, surprennent l'agresseur, le neutralisent et le reconnaissent aussitôt : c'est mon frère, âgé de 1 an et demi, qui a tenté de se débarrasser de moi.

Le mobile de l'attentat sera rapidement découvert : ce bougre n'a pas digéré la perte de son statut de petit dernier. Le sein de maman, les câlins et les berceuses me sont désormais réservés. De quoi lui donner des envies de meurtre.

Dès nos premières années, nous menons une vie bien dangereuse.

Alain Colas abandonne son voilier *Club Méditerranée* pour prendre le départ de la Route du rhum avec *Manureva*. Il disparaîtra au large des Açores.

Oiseau du voyage

Alors que nous nous préparons au départ, on coupe une dernière tête en France métropolitaine. C'est celle de Hamida Djandoubi, ultime condamné à mort exécuté en 1977. L'année suivante, on coupe aussi le petit doigt du baron Empain, un millionnaire enlevé contre rançon. Enfin, toujours en 1978, en Angleterre, on coupe le cordon de Louise Brown. Événement inédit : il s'agit du premier bébé-éprouvette de la planète !

À New York, pour la première fois, un homme amputé d'une jambe court le marathon avec une prothèse. Son nom est Dick Trautmann. Le 5 novembre 1978, un autre homme au pied coupé s'apprête à faire à l'envers le trajet que nous allons parcourir : Alain Colas embarque pour la première édition de la Route du rhum. Trois ans plus tôt, il a eu la cheville sectionnée par un cordage dans un port breton. Au terme de vingt-deux opérations, il est parvenu à conserver son pied – un pied suffisamment marin pour lui permettre de rembarquer. Colas abandonne son monocoque *Club Méditerranée* (qui deviendra le *Phocéa* après son rachat par Bernard Tapie) pour appareiller avec le trimaran *Pen Duick IV*, racheté à Éric Tabarly et rebaptisé *Manureva*.

Parti de Saint-Malo, l'homme qui a battu le record du tour du monde en solitaire s'élance vers les Antilles. Mais, deux semaines plus tard, il disparaît au large des Açores. On ne retrouvera jamais aucune trace de lui ni de son trimaran, dont le nom signifie « oiseau du voyage » en tahitien.

Cette année-là, c'est le Canadien Mike Birch qui remporte la Route du rhum au terme d'un incroyable final, rattrapant le Français Michel Malinovsky dans le dernier mille, après vingt-trois jours de mer, et le devançant d'une minute sur la ligne d'arrivée, dans le port de Pointe-à-Pitre.

Liliane, fais les valises !

En juillet 1977, Georges Marchais, chef du Parti communiste français, passe ses vacances en Corse. Ce n'est pas dans ses habitudes : il préfère généralement la mer Noire, où le grand frère soviétique met une datcha à sa disposition. Un soir, il entend François Mitterrand, son partenaire de l'Union de la gauche, parler à la télévision de défense nationale et d'alliance avec les Américains. Le leader communiste manque de s'étouffer. Trahison ! « Liliane, crie-t-il à son épouse, fais les valises, on rentre à Paris ! » Aussitôt dit, aussitôt fait. Marchais regagne la capitale et, quelques semaines plus tard, il provoque la rupture de l'Union de la gauche. En réalité, les propos de Mitterrand lui ont fourni une occasion qu'il attendait depuis longtemps : il estime que l'Union profite aux socialistes et menace les positions de son parti. Mais la rupture ne suffira pas à inverser la tendance. De 1973 à 1981, le parti communiste perd le quart de son électorat, tandis que, sur la même période, la formation de François Mitterrand bondit de 18 à 36 %. Ce n'est qu'en 1980 que Georges Marchais raconte, lors d'une émission de télévision, comment il a décidé d'abandonner l'Union de la gauche. Après avoir rapporté l'anecdote de ses vacances interrompues, il réalise que l'apostrophe « Liliane, fais les valises » fait ricaner les journalistes. Douze ans après Mai 68 et au sortir d'une décennie marquée par le féminisme, cette phrase un tantinet machiste pourrait lui coûter des voix. Immédiatement après l'émission, il fait rectifier ses propos dans le compte rendu publié par le quotidien communiste L'Humanité.
Dans l'édition du lendemain, on peut ainsi lire : « Liliane, on fait les valises et on rentre à Paris. » Mais les millions de téléspectateurs qui ont suivi l'émission de télévision ne sont pas dupes : ils savent bien que Georges porte la culotte et que Liliane se charge de l'intendance. Marchais tentera encore de se convertir au féminisme avant les élections présidentielles de 1981 : « Les femmes soumises, craintives, passives, c'est fini et bien fini ! » lance-t-il lors d'un meeting en novembre 1980. Peut-être avait-il peur que Liliane ne fasse ses valises...

Georges Marchais, chef du Parti communiste français, en compagnie du poète Louis Aragon.

1980-1982

Tout devient possible

C'est à qui aura la meilleure place devant l'objectif.

McDo, Coca et Pacman

En 1980, la civilisation donne un grand coup d'accélérateur. Comme disait Alexandre Vialatte, « le progrès fait rage ». Apparus en 1979, les lieux de restauration rapide, ou fast-foods, se multiplient à travers la France. La Chine commence à importer du Coca-Cola. Le Japonais Iwatani vend son jeu vidéo Pacman comme des petits pains. L'Américain Ted Turner lance la chaîne internationale CNN.

Chronologie

6 mars 1980
Marguerite Yourcenar est la première femme élue à l'Académie française.

14 août 1980
En Pologne, déclenchement des grèves de Gdansk.

22 septembre 1980
Saddam Hussein lance l'offensive qui marque le début de la guerre Iran-Irak.

3 octobre 1980
À Paris, l'attentat de la rue Copernic fait 4 morts. Le Premier ministre Raymond Barre déplore maladroitement « cet attentat odieux [qui] voulait frapper les israélites qui se rendaient à la synagogue et qui a frappé des Français innocents (sic) qui traversaient la rue Copernic ».

4 novembre 1980
Victoire de Ronald Reagan à l'élection présidentielle américaine.

8 décembre 1980
Assassinat de John Lennon.

20 janvier 1981
Libération des otages américains de Téhéran.

10 mai 1981
Élection de François Mitterrand.

18 septembre 1981
Abolition de la peine de mort en France.

22 septembre 1981
Inauguration du TGV Paris-Lyon.

13 décembre 1981
En Pologne, le général Wojciech Jaruzelski instaure l'état de siège.

24 février 1982
Naissance d'Amandine, le premier bébé-éprouvette français.

2 avril 1982
L'Argentine envahit les îles Falkland (Malouines). Le Royaume-Uni déclare la guerre et envoie une escadre qui reconquiert l'archipel en juin, provoquant l'effondrement de la dictature argentine.

6 juin 1982
Opération « Paix en Galilée » : les troupes israéliennes envahissent le Liban. Le 16 septembre 1982, elles ne feront rien pour empêcher les massacres de Sabra et Chatila.

12 août 1982
Le Mexique se déclare en cessation de paiement. La crise de la dette du tiers-monde éclate.

30 novembre 1982
Sortie de l'album *Thriller* de Michael Jackson.

Avec trois enfants, dans les années 1980, on est déjà une famille nombreuse.

Pendant ce temps, on parvient enfin à me décrocher du sein maternel après une durée record de vingt-quatre mois d'allaitement. À cette époque, plus de la moitié des mères françaises préfèrent donner le biberon : la France est l'un des pays d'Europe où l'allaitement maternel est le moins pratiqué, même s'il y est fortement encouragé. Mais les mères d'outre-mer ne sont pas avares de leurs seins, contribuant heureusement à relever la moyenne nationale.

La cité est à nous !

Métropole, nous voilà !

Adieu île des Caraïbes, bonjour Île-de-France. Pour loger notre grande famille, Papa a vu large. Nous voilà dans un « grand ensemble » : 3 600 logements, 13 000 habitants qui peuplent un triangle de béton et de gazon situé entre la route nationale et l'autoroute. On appelle cela « ur-baaa-nisme-d'a-vant-gaaarde », « u-to-pie aaar-chi-tec-tu-raaale ». Il y a des fresques sur les murs : des portraits de Rimbaud et de Kafka. Mais aussi un okapi, deux pigeons, un arbre, des places avec des sculptures monumentales (une pomme, un œuf, un serpent de mer en béton, un Gulliver géant avec de grands yeux tristes), des hippopotames échoués dans un square appelé « Marigot ».

La cité a été construite de 1967 à 1971. Nous sommes en 1980 et Renaud chante « putain c' qu'il est blême, mon HLM ». Le nôtre n'est pas tout à fait blême : sa façade est couverte de pâte de verre colorée – ou plutôt décolorée, car tout cela commence à se dégrader. Il y a des fissures et des infiltrations : un appartement sur cinq est devenu insalubre. Le nôtre est encore en bon état, situé dans un petit immeuble. Dans notre HLM, il n'y a pas de « môme du huitième », ni le hasch qu'elle aime. Du moins pas encore, pas pour les mômes que nous sommes.

État de grâce

Après la victoire de François Mitterrand à la présidentielle de 1981, le parti socialiste bénéficie, dans la foulée, d'un véritable raz de marée aux élections législatives : 36 % au premier tour. Les premiers mois du septennat de François Mitterrand sont marqués par une période d'euphorie qu'il qualifie lui-même d'« état de grâce ». Le gouvernement de Pierre Mauroy adopte alors les réformes les plus spectaculaires depuis la Libération : abolition de la peine de mort, cinquième semaine de congés payés, retraite à 60 ans, semaine de 39 heures, nationalisation des grandes entreprises, légalisation des radios libres. Mais, après l'ivresse des réformes, viendra la gueule de bois. Dès 1983, Pierre Mauroy devra prendre des mesures d'austérité pour redresser les finances publiques.

Brochette sur canapé.

Cheval volant

1981. « Cinq heures du mat' j'ai des frissons / Je claque des dents et je monte le son. » Le duo qui chante à la radio s'appelle « Chagrin d'amour », et la chanson a pour refrain « chacun fait-fait-fait ce qui lui plaît-plaît-plaît ». En attendant de faire ce qui lui plaît, Papa part chaque matin travailler à l'usine de caoutchouc.

Cette année-là, nous entrons à l'école maternelle. La mienne s'appelle « Pégase ». Un cheval qui vole, quoi de mieux pour s'élancer dans la vie ? Mais c'est encore de l'u-to-pie. Car l'école primaire qui nous accueillera par

Safari à dos de lion.

la suite s'appelle « L'autruche ». Un oiseau qui ne peut pas voler et qui enfouit sa tête dans le sable.

Il y a aussi l'école du buffle, un animal au front bas et aux cornes biscornues. La vérité, c'est que la plupart des élèves sont condamnés à l'échec scolaire. Dans nos classes, les élèves étrangers sont majoritaires : nombre d'entre eux maîtrisent mal le français, et rien ne leur permettra de rattraper leur retard. Certains ne bredouillent même que quelques mots. Une seule de mes copines est une Française métropolitaine « pure souche ». Toutes les autres ont des origines lointaines : l'Algérie pour Malika et Djamila, les Antilles pour Sandra, l'Asie du Sud-Est pour Pang Fang.

Parfois, nous ne sommes pas les premiers à nous endormir…

L'ancêtre d'Internet

La France est en avance sur son temps. Le 4 juin 1982, la Poste lance le Minitel. Outil précurseur d'Internet, il permet d'accéder à l'annuaire électronique et à des messageries en tout genre, dont les plus fréquentées appartiennent à la catégorie « Minitel rose ». Il suffit de taper 3615 code Love, Ulla ou Sandra pour assouvir quelques fantasmes. Le Minitel comptera jusqu'à 25 millions d'utilisateurs, mais restera confiné à l'Hexagone.

Le géant aux grands yeux tristes.

La cité des enfants

L'architecte de notre cité a fait ce qu'il a pu. Il prétend avoir bâti une « cité des enfants ». Ce n'est pas tout à fait faux. Les voitures n'ont pas le droit de circuler dans les allées. On peut s'amuser au grand air en toute liberté. Il y a des collines pour jouer à cache-cache. Les grands ont improvisé un terrain de base-ball où ils frappent une balle de tennis avec un bâton. Mais notre univers reste celui d'une cité-dortoir.

Au début des années 1970, il fallait reloger les victimes de la rénovation de la capitale et accueillir la main-d'œuvre immigrée, augmentée de ses

Nous sommes dans la « cité des enfants ».
Nous prendrait-on pour des pigeons ?

femmes et enfants, venus par « regroupement familial ». La tactique de l'architecte, c'était d'enfumer les technocrates : on joue à l'artiste utopiste, on convoque Rimbaud et Gulliver, on fait voler des chevaux. Dans le cas de notre cité, cela a permis d'oublier l'essentiel. Il s'agissait de couler dans le béton 13 000 habitants qui ne demandaient qu'une chose : un endroit où habiter. En Martinique, les « z'abitants », ce sont des écrevisses géantes, très agressives, dont on dit qu'elles se mangent entre elles.

Le plus grand match de l'histoire du football (français)

Le 8 juillet 1982, l'équipe de France est en demi-finale de la Coupe du monde pour la première fois depuis vingt-quatre ans. De l'avis général – hexagonal –, nos champions, emmenés par le génial Michel Platini, développent un jeu fin et élégant. Ce sont des artistes que le Brésil lui-même nous envie. Face à eux, les Allemands jouent un football sans imagination, mais puissant et rapide. Ils sont robustes, brutaux, voire effrayants. Les traits peu subtils et la silhouette massive de l'avant-centre allemand Horst Hrubesch inspireront cette remarque au commentateur Thierry Roland : « Hrubesch, c'est pas Alain Delon. » Le buteur allemand, il est vrai, est plus proche de la créature de Frankenstein que du french lover.
Quant à l'arbitre, il semble avoir décidé de se faire haïr du public français. Alors que les deux équipes sont à égalité (1 partout), il refuse un nouveau but marqué par Dominique Rocheteau. Puis

il sanctionne à peine une agression contre Bernard Genghini qui, blessé, doit quitter le terrain. Patrick Battiston, qui le remplace, fait bientôt hurler le stade. Sur une passe en profondeur de Platini, il se présente seul devant le gardien allemand, Harald Schumacher. Mais ce dernier fonce droit sur lui et, sans se préoccuper du ballon (qui manque le but d'un cheveu), le percute violemment.

Ce n'est pas un accident, c'est un attentat. Battiston gît au sol, sans connaissance. Un coéquipier lui prend le pouls et le croit mort. On l'évacue sur une civière. Pourtant, l'arbitre ne sanctionnera pas le gardien allemand. Celui-ci, apprenant plus tard que sa victime s'en sort avec deux dents cassées et une vertèbre fêlée, proposera en ricanant de « lui rembourser ses frais de dentiste ».

Pour nos valeureux supporters, la fin du match s'avère une succession de moments de bonheur fulgurants et d'atroces coups du sort. À la fin du temps réglementaire, le Français Manuel Amoros voit son tir repoussé par la barre transversale. Puis, pendant les prolongations, les Bleus marquent deux fois. Ils se voient déjà en finale, mais les Allemands contre-attaquent avec froideur et acharnement. Comble de l'injustice, les voilà qui égalisent ! Lors de la séance de tirs aux buts, les Français sont les premiers à prendre l'avantage grâce à un arrêt du gardien Jean-Luc Ettori. Mais ils trouvent ensuite le moyen de manquer deux penalties, laissant la victoire aux Allemands. Ceux-ci concluent sur un dernier tir victorieux de l'abominable Hrubesch, lequel deviendra, avec l'ignoble Schumacher, le fossoyeur de l'amitié franco-allemande.

Fossoyeur de l'amitié franco-allemande, l'horrible Schumacher a mis Patrick Battiston à terre.

Le quartier peut être rassuré. Je monte la garde.

Îlot sensible

En cette même année 1981, la France découvre que les cités-dortoirs n'ont plus envie de dormir. Métro-boulot-dodo, cela fonctionnait tant qu'il y avait du boulot. Mais, au début des années 1980, le chômage monte au ciel. L'oisiveté, mère de tous les vices, fait exploser la délinquance, la drogue et la

Les imprimés très prisés dans les années 1970 sont toujours là.

1980 : Lech Walesa prend la tête des ouvriers des chantiers navals de Gdansk, en grève contre le pouvoir communiste polonais.

haine. Le premier incendie a lieu aux Minguettes, un quartier de Vénissieux, dans la banlieue lyonnaise. Affrontements avec les policiers et cocktails Molotov le disputent aux vols de voitures et aux rodéos sur les terrains vagues.

À la même époque, notre quartier est encore paisible, mais tout peut arriver. En 1982, la cité est classée « îlot sensible régional ». « Îlot sensible », c'est joli, ça ressemble à une « enclave délicate ». Mais, dans la langue de bois de l'administration, cela signifie plutôt « ghetto explosif ». Ma cité va craquer. Mais pas tout de suite. Pour cela, il faudra attendre les années 1990.

On apprend vite à s'occuper des plus petits.

Boucles d'or et culotte courte.

Ici et maintenant

En 1981, la France a élu un président socialiste. Des grandes personnes tout à fait raisonnables ont chanté dans les meetings : « France socialiste puisque tu existes / Tout devient possible ici et maintenant / Il nous faudra reprendre en main nos villes / Qui ne sont plus que des ghettos géants / Où le printemps n'a plus le droit d'asile / Où meurent les vieux, les arbres, les enfants / C'est dans nos propres murs qu'on nous exile / Changeons la vie ici et maintenant. » Des centaines d'enseignants barbus ont été élus députés. Tout devient possible. La preuve : en 1982 naît le premier bébé-éprouvette français, Amandine.

La même année, le Français Jean-Loup Chrétien est le premier homme à naviguer dans l'espace qui ne soit ni russe ni américain. Je joue à la poupée en regardant les Barbapapas et les marionnettes Brok et Chnok. E.T. l'extra-terrestre envahit les écrans de cinéma. Louis Chedid chante *Ainsi soit-il* : « Fondu enchaîné sur la cour d'une école / Un lièvre, une tortue ou trois mousquetaires. » Je suce mon pouce et je compte sur mes doigts. Près de Monaco, une gracieuse princesse venue de Hollywood plonge dans un ravin. Elle conduisait elle-même son carrosse.

Trois petits tours et puis s'en vont

Dans les années 1970-1980, les émissions télévisées destinées aux enfants se multiplient, et nombre d'entre elles possèdent un point commun : elles font intervenir des marionnettes. Outre Casimir, le monstre gentil avide de gloubi-boulga de « L'Île aux enfants », on trouve également Kermit, Ernest et Bart dans « Sesame Street » (diffusée en France sous le titre « Bonjour Sésame » à partir de 1974).
Les marionnettes sont aussi nombreuses dans « Les Visiteurs du mercredi ». Diffusée par TF1 de 1975 à 1982, chaque mercredi, plus de cinq heures durant, cette émission a été créée par le père de Casimir, Christophe Izard. Animée par Soizic Corne et Patrick Sabatier, elle accueille de nombreux intervenants, dont Garcimore, réputé pour ses tours de magie à la fiabilité aléatoire, mais aussi Dorothée, Henri Dès, Nicolas Hulot ou Jean-Pierre Pernault. On y retrouve les dessins animés « Scoubidou », « Capitaine Caverne », « Les Barbapapa », « Hong Kong Fou Fou », « Calimero », « Capitaine Flam », « Rémi sans famille ».
Les marionnettes y fonctionnent toujours par deux : Brok et Chnok, Pil et Glou, Sibor et Bora, Misscat et Flagada.
Brok et Chnok sont ainsi deux extraterrestres verts qui habitent la planète Pokalus, un minuscule caillou proche de Saturne qui évolue en zigzag et est entièrement couvert de fleurs. Brok est aussi sérieux que Chnok est farfelu, ce qui donne lieu à certaines bisbilles, bien que Brok ait assez d'autodérision pour admettre qu'il est « cet idiot » qui se fait souvent avoir par Chnok. Par bonheur, les deux compères s'accordent sur l'essentiel, et le chantent dans leur chanson La Chantilly *: la Terre est mal faite, et les Terriens sont fous. Ce que ne démentira pas non plus leur ver domestique, le Shépiok.*
L'émission peine à faire face à la concurrence de « Récré A2 », diffusée au même moment sur l'antenne voisine dès 1978. Elle sera remplacée en 1982 par « Mercredi-moi tout ».

Une époque riche en marionnettes : ici, un spécimen de « Bonjour Sésame ».

1983-1987

Prendre de la hauteur

À l'usine ? Non, de corvée de Lego.

Hip-hop

« Maman, viens voir, l'animateur de télé, il est noir !
– Allons, ma fille, ne dis pas de bêtises, on est en métropole.
– Mais si, Maman ! »

Pour la première fois en France (métropolitaine), un noir présente une émission de télévision. Avec ses phrases syncopées et ses rimes de rappeur, Sydney anime le seul programme de danse diffusé

Chronologie

5 février 1983
Un juge français obtient l'extradition de Klaus Barbie, « le boucher de Lyon », arrêté en Bolivie.

5 juin 1983
Yannick Noah remporte le tournoi de Roland-Garros.

4 septembre 1983
Le Front national obtient 17 % des voix lors de l'élection municipale partielle de Dreux.

3 décembre 1983
Arrivée à Paris de la Marche pour l'égalité, également appelée « marche des Beurs ».

31 décembre 1983
Un attentat revendiqué par Carlos fait 5 morts dans le TGV Paris-Marseille.

2 décembre 1984
En Inde, la catastrophe de Bhopal s'avérera le plus grave accident industriel de l'histoire de l'humanité, avec plus de 20 000 morts.

10 mars 1985
Konstantin Tchernenko, troisième dirigeant soviétique mort en l'espace de quatre ans, est remplacé par Mikhaïl Gorbatchev.

29 mai 1985
Pendant la finale de la coupe d'Europe de football au stade du Heysel, à Bruxelles, bagarres entre hooligans et bousculades provoquent la mort de 38 personnes.

10 juillet 1985
En Nouvelle-Zélande, sabotage du *Rainbow Warrior*, le navire de Greenpeace, par les « faux époux Turenge », des agents secrets français. La mort du photographe Fernando Pereira provoque un scandale qui aboutira à la démission du ministre français de la Défense, Charles Hernu, le 20 septembre.

14 janvier 1986
Lors du rallye Paris-Dakar, Daniel Balavoine et Thierry Sabine meurent dans un accident d'hélicoptère.

26 avril 1986
Catastrophe de Tchernobyl.

19 août 1986
Coluche se tue à moto, moins d'un an après avoir créé les Restos du Cœur.

9 décembre 1987
En Palestine, des émeutes éclatent après la mort de 4 personnes, percutées percutées par un camion israélien ; c'est le début de la première Intifada, ou « guerre des pierres ».

Cabrioles et mouvements de toupie : le hip-hop passe à la télé pour la première fois.

à la télévision. Il s'agit aussi de la première émission 100 % hip-hop dans le monde. Nous sommes en 1984. Même les Américains sont battus !

Dans cette émission de TF1, on se lance des défis, on fait des cabrioles, on saute sur les mains, on tourne comme une toupie : c'est la break-dance. D'autres enchaînent des mouvements saccadés, comme des robots : c'est le smurf. Le nom vient du mot « schtroumpf » en anglais.

Sydney est un disc-jockey antillais, âgé de 28 ans, né à Argenteuil. Coiffé de son éternelle casquette de base-ball, il montre pour la première fois une culture métissée, black-blanc-beur. C'est la culture des banlieues, avec ses rappeurs, ses danseurs, ses graffeurs et ses tagueurs.

L'émission commence par des phrases rituelles qui se ressemblent toujours un peu : « Bonjour, les frères et sœurs. Aujourd'hui, on défie l'apesanteur, on va prendre de la hauteur ! » Sydney invite des stars comme Afrika Bambaataa ou Madonna, mais aussi de jeunes inconnus qui feront du chemin par la suite : Joey Starr, Stomy Bugsy, David Guetta...

Vive la patinoire !

La France, c'est comme une mobylette

En 1983, Toumi Djaidja a 20 ans. Enfant du quartier des Minguettes, dans la banlieue lyonnaise, il reçoit une balle dans le ventre en voulant s'opposer à une agression policière. À peine rétabli, il décide d'organiser une protestation non violente. Soutenu par le prêtre Christian Delorme et le pasteur Jean Costil, il entame une longue marche, de Marseille à Paris, pour dénoncer le racisme et les discriminations. C'est la Marche pour l'égalité et contre le racisme, qui se termine par une grande manifestation dans la capitale. Le mouvement a pour slogan : « La France, c'est comme une mobylette, pour qu'elle avance, il faut du mélange ! » Un an plus tard, le mouvement SOS Racisme est créé par Harlem Désir et Julien Dray.

Dans notre cité, ni bandes, ni gangs.

Les bâtiments scolaires préfabriqués de type Pailleron (du nom d'un collège dont l'incendie a fait 20 morts en 1973) sont encore nombreux dans les années 1980.

Boule de farine aux yeux blancs

Dans notre cité, il n'y a ni bandes, ni gangs, ni racket, ni baston. On ne se traite pas de « bouffon » ni de « bâtard ». Pas encore...

Les parents nous laissent jouer dehors sans crainte. À peine rentrés de l'école, on jette son sac à terre et on lance : « J'ai fait mes devoirs. » C'est la formule magique qui permet de ressortir aussitôt. Avec nos camarades, on joue au béret ou à la balle au prisonnier. Nous sommes libres d'aller et venir : pas d'horaires, même pour les repas. Mais Maman nous fixe une limite : interdiction de manger chez des copains.

À la maison, nous avons gardé l'habitude de prendre nos repas devant la télévision, l'assiette sur les genoux. L'un de mes mets favoris est le dombré, des petites boules de farine avec des haricots rouges, des lentilles et des crevettes. Un jour où nous dégustons ce plat, un voisin aveugle nous rend visite. Le voilà qui retire ses lunettes. À la vue de ses yeux tout blancs, ma sœur réprime un cri : elle est tellement épouvantée qu'elle ne mangera plus jamais de dombré.

Quelle meilleure baby-sitter qu'une grande sœur ?

Nourriture pressée

De temps à autre, on s'entasse dans la Renault 20 pour une expédition de ravitaillement. Nous montons à quatre à l'arrière, ce qui est encore possible car la ceinture de sécurité n'est obligatoire qu'à l'avant. À nous le boulevard périphérique, destination Barbès, où Maman fait ses provisions de condiments, achète de la viande en gros et négocie quelques tissus.

Pendant ces journées de courses folles, il faut manger vite. Nous découvrons la restauration rapide : des cuisses de poulet panées chez Couic. Couic est le concurrent de Maquedeau, le géant américain du hamburger. Maquedeau s'est installé en France dès 1972, mais n'a pas eu de succès ; l'enseigne a disparu. Pendant ce temps, Couic, né en Belgique, est devenu le numéro un de la nourriture pressée en Europe. Puis, Maquedeau est revenu s'installer en France en 1979, et Couic s'est implanté en 1980.

Au début, Maquedeau et Couic ont fait à manger pour les gens qui n'avaient pas le temps. Puis, ils ont aussi visé ceux qui n'avaient pas d'argent. Finalement, tout le monde s'est mis à manquer de temps ou d'argent. C'est à cette époque-là que la planète a commencé à tourner de plus en plus vite : les terriens ont attrapé le vertige. Quand j'étais petite, on n'avait pas encore trouvé de nom à cette maladie. Plus tard, on a appelé cela « la mondialisation ». Tout a débuté à Barbès, avec du poulet pané...

Le papa de Lolita

Elle est née en 1980. Elle a la chance d'avoir un papa qui lui écrit des chansons d'amour et un parrain qui fait rire la France entière. Lolita, fille de Renaud et filleule de Coluche, a 3 ans quand son père écrit Morgane de toi *: « T'es la seule gonzesse que j' peux tenir dans mes bras / Sans m' démettre une épaule, sans plier sous ton poids / Tu pèses moins lourd qu'un moineau qui mange pas / Déploie jamais tes ailes, Lolita t'envole pas. »*
Lolita est la fille du seul chanteur-poète tendre et rebelle qui nous reste après la mort de Georges Brassens.
Mais Renaud, à la différence du grand Georges, n'est pas du genre « bande à part ». Il s'engage. On le trouve en 1985 à la tête des Chanteurs sans frontières, qui récoltent des millions de francs au profit des victimes de la famine en Éthiopie (« Loin du cœur et loin des yeux / De nos villes, de nos banlieues / L'Éthiopie meurt peu à peu »). La même année, il est l'invité du Festival mondial de la jeunesse à Moscou. Mais, quand il entonne Déserteur, *3 000 spectateurs trop bien encadrés quittent immédiatement la salle. Les organisateurs russes n'ont pas compris que l'engagement de Renaud est celui d'un homme libre. La chanson elle-même met les choses au point : « Mais va pas t'imaginer / Monsieur le président / Que j'suis manipulé / Par les rouges ou les blancs / Je n'suis qu'un militant / Du parti des oiseaux / Des baleines, des enfants / De la terre et de l'eau. »*

Renaud, tendre et rebelle.

Belle des champs.

La grand-maman de Martinique est assez stoïque pour supporter nos jeux turbulents.

Vacances antillaises

Miracle : Papa a gagné aux courses. Le tiercé dans l'ordre. Assez d'argent pour nous payer des vacances au soleil, en Martinique ! Nous, les enfants, partons les premiers, les parents nous rejoindront plus tard. Nous habitons chez la grand-mère, où il y a des vaches, des moutons et des chèvres, des sentiers tortueux au milieu des bananiers. On cueille des fruits épatants : icaque (zicaque en créole), prune de Cythère, carambole, pomme-cannelle, cirette. On fait les quatre cents coups, rit avec les cousins qui parlent créole et ont de drôles de mots (« boug », « zoreille », « bourik »), souffre de la chaleur, écrasante pour nous autres, petits « métros ». Les jours de pluie, on reste au lit : l'averse tropicale, qui tombe dru, martèle le toit en tôles ondulée. On adore ça.

En arrivant, Maman, un peu inquiète, nous passe en revue. On prétend d'abord que tout va très bien. Mais, comme pour madame la marquise, il faut, il faut bien qu'on lui dise...

On déplore un tout petit rien. Un incident, une bêtise : ma sœur a la mâchoire enflée, elle est tombée d'un pneu qui servait de balançoire, accroché à une branche qui a cassé. Mais, à part ça, tout va très bien... Il faut que l'on dise aussi : mon frère est tombé du sommet d'un arbre où il voulait cueillir une belle prune, et traîne une vilaine plaie. Quant à moi, j'ai la bouche brûlée par une allergie à cause des fruits verts que je n'arrête pas de dévorer. Pour couronner le tout, nous sommes couverts de croûtes à cause des piqûres de moustique. Les parents conduisent notre bande d'éclopés chez le médecin.

Chez les adventistes, pendant le sabbat, dès le vendredi soir, on s'abstient de tout, même de regarder la télévision. Le samedi matin, marathon de prière : on passe quatre heures au temple. Il y a des chants, des psaumes, des témoignages, des sermons interminables. Un supplice, surtout pour les filles, qui doivent porter une jupe longue et un pull à col roulé. Les bijoux sont aussi interdits que le porc et l'alcool. Il y a sûrement un rapport entre tous ces interdits : peut-être que la peau des filles fait tourner la tête, comme le rhum ? Peut-être que les cochons sont impurs parce qu'ils boivent de l'alcool (ne dit-on pas « soûl comme un cochon » ?). Et, pour les bijoux, il y a une vieille chanson : « C'est la femme aux bijoux, celle qui vous rend fou... »

Corsaire de l'espace

Retour à la cité : rentrée scolaire à l'école primaire de l'Autruche. Le gouvernement vient de créer les zones d'éducation prioritaires. Notre cité est devenue ZEP après avoir été ZUP. Il y a moins d'élèves par classe, plus de moyens, mais pas beaucoup plus de résultats...

Le meilleur moment de la semaine, c'est le mercredi. Nous sommes

1986 : la catastrophe de Tchernobyl ébranle le système soviétique.

Fier comme Artaban.

scotchés devant la télévision. Dorothée anime « Récré A2 » avant de passer sur TF1 en 1987, avec le « Club Dorothée ». Nous la suivons car elle nous montre les mêmes dessins animés. « Albator, le corsaire de l'espace / Albator, bien plus fort que la mort ! » Ou bien « Goldorak », « invincible robot des temps nouveaux / merveilleux génie de l'infini » (carrément). Il y a aussi des histoires de filles comme « Candy » et « Juliette je t'aime ». « George de la jungle » nous fait mourir de rire : ce gros maladroit passe son temps à tomber des arbres ou à se prendre les pieds dans sa liane. Yakari, le petit Indien sioux, est nettement plus futé : il sait même parler le langage des animaux. Certains préfèrent les aventures de « Zora la rousse » ou de « Dick le rebelle ».

Il arrive enfin qu'on regarde la télévision en famille, par exemple « Champs-Élysées », « La Dernière Séance » ou « Dallas », tandis que, dans certains foyers, les enfants luttent contre le sommeil devant « Apostrophes ».

1986 : les enfants du rock débile

En 1986, le gouvernement de Jacques Chirac présente un projet de loi prônant une sélection à l'entrée de l'Université, les différentes facultés étant elles-mêmes concurrentes les unes des autres. Il est également prévu d'augmenter les droits d'inscription. Tollé parmi les syndicats étudiants, qui dénoncent une « privatisation de l'Université ». Mais ils sont vite débordés par une coordination, plus spontanée et plus radicale.

Les manifestations se multiplient dans toute la France. Charles Pasqua, au ministère de l'Intérieur, et Robert Pandraud, son alter ego *chargé de la sécurité, organisent une réaction musclée. Sous prétexte de lutter contre les casseurs qui se mêlent aux cortèges de manifestants, ils déploient des brigades de policiers à moto. À l'arrière des deux-roues sont placés des « voltigeurs » armés de longues matraques appelées « bidules ».*

Tandis que ces motards sèment la panique parmi les manifestants, la Nouvelle Droite française, un courant d'idées dont plusieurs ministres se réclament, organise la contre-attaque idéologique. Dans le Figaro Magazine, *l'écrivain et polémiste Louis Pauwels dénonce le « sida mental » dont serait atteinte la jeunesse qui descend dans les rues. « Ce sont les enfants du rock débile, les écoliers de la vulgarité pédagogique, les béats nourris de soupe infra-idéologique cuite au show-biz, ahuris par les saturnales de "Touche pas à mon pote". (...) Nous nous demandons ce qui se passe dans leurs têtes. Rien, mais ce rien les dévore. »*
Au moment même où l'édition comportant cet article sort des rotatives, les voltigeurs de la police chargent quelques manifestants dispersés près du jardin du Luxembourg, à Paris. L'étudiant Malik Oussekine, qui rentre chez lui sans même avoir manifesté, est poursuivi, rattrapé dans une entrée d'immeuble et passé à tabac. Il meurt peu de temps après.
Dans un communiqué embarrassé, les autorités soutiennent qu'il était de santé fragile et que, sans la maladie rénale dont il souffrait, il serait encore en vie. « Nous disons, rétorque l'avocat de sa famille, que, sans les coups portés, Malik ne serait pas mort. » Le drame provoque une telle émotion que le gouvernement retire son projet de loi deux jours plus tard.

La rue Monsieur-le-Prince rebaptisée après la mort de l'étudiant Malik Oussekine, victime d'une bavure policière en 1986.

Panoplies

À l'école, on découvre une multitude de nouveaux instruments : le Bic effaçable dont la gomme ne sert qu'à trouer le papier, l'effaceur d'encre qui sent toujours un peu mauvais, le crayon de couleur bicolore (un côté rouge, un côté bleu), la fameuse colle Cléopâtre que nombre d'entre nous ne peuvent s'empêcher de goûter, ou encore les feutres fluorescents Stabilo. On les range dans une increvable trousse Tann's en espérant que les taches d'encre finiront par avoir raison d'elle. L'école nous fournit quantité de cahiers, classeurs et chemises. Point d'orgue de la panoplie : le K-Way, qu'on porte attaché autour de la taille avec une élégance rare, un goût très sûr.

Depuis que Mai 68 est passé par là, la discipline n'est plus au centre du système scolaire. Les classes sont encore souvent meublées de pupitres, auxquels sont fixées deux chaises, et munis de trous pour accueillir des encriers, vestiges d'un temps où le Bic n'existait pas.

Les jumeaux

En 1986, Maman accouche. Trahison : je ne suis plus la petite dernière. On peut dire qu'elle m'a fait un enfant dans le dos, et même deux, car ce sont des jumeaux. Une paire de bébés sournois et ambitieux, même pas courageux puisqu'ils se sont associés pour me faire ce coup d'État.

Plus question d'entasser toute cette marmaille dans la Renault 20. Nous sortons de moins en moins. Le bout du monde, c'est le « Port aux cerises », un parc avec des aires de pique-nique aménagées pour les banlieusards, où l'on peut même faire des

On n'est pas cher payés, mais qu'est-ce qu'on rigole !

barbecues. Nous y allons en famille le dimanche, mais ces excursions de pantouflards ne suffisent pas à notre soif d'aventure. Avec mon frère, il nous arrive de braver les interdits : nous partons en expédition jusqu'au parc de Morsang-sur-Orge. Ce n'est guère loin, mais c'est dangereux : il faut enjamber des glissières de sécurité, traverser en courant des bretelles et des rocades. Les camions nous font des appels de phares. Mort-sang sur ogre, fais-moi peur !

Pong s'avère vite lassant : on préfère encore le bowling…

Progrès

Autour de nous, la technologie fait rage. Le magnétoscope se démocratise peu à peu : le premier modèle à se répandre sera le Betacam, fabriqué par Sony et Thomson. L'instrument nous fait un peu peur : l'enregistrement semble une manœuvre difficile à maîtriser, qui peut créer bien des dégâts. Nous découvrirons bientôt les joies du vidéoclub et le plaisir de ne plus dépendre d'une bête grille de programmes.

Le progrès technologique, on en soupe aussi dans le troisième volet de la trilogie « Star Wars », qui sort en 1983. Cet univers fait de sabres laser, de côté obscurs, de R2D2 et de révélations de paternité, où les camps du bien et du mal sont clairement délimités, imprégnera longtemps nos jeux, notre humour et notre imaginaire.

Les jeux vidéo aussi sont en pleine expansion : après les jeux électroniques (Game & Watch) comme Donkey Kong, l'Amstrad CPC sort en 1988. L'allumage prend un bon quart d'heure, les décors sont réduits au minimum et on ne peut rien sauvegarder. Progrès, enfin, au Futuroscope de Poitiers, qui ouvre en 1987, et propose des attractions tout à fait révolutionnaires.

1988-1991

Le vent a tourné

Brochette de gourmands.

Nouveautés

Au collège, la grande nouveauté, ce sont les différents professeurs, leur cortège de matières nouvelles et les incessants va-et-vient d'une classe à l'autre. On nous remet un carnet de liaison, qui fera naître chez beaucoup d'entre nous des vocations de calligraphes, pour apprendre à imiter la

Chronologie

18 avril 1988
Mort de Pierre Desproges.

4 mai 1988
Libération des trois otages français Marcel Carton, Marcel Fontaine et Jean-Paul Kauffmann après plus de mille jours de détention au Liban.

20 août 1988
Fin de la guerre Iran-Irak, avec un bilan de 1 million de morts.

5 octobre 1988
En Algérie, la répression des manifestations fait près de 400 morts.

6 décembre 1988
Yasser Arafat reconnaît implicitement l'État d'Israël.

4 juin 1989
Répression de la révolte étudiante sur la place Tienanmen.

9 novembre 1989
Chute du mur de Berlin.

11 février 1990
En Afrique du Sud, libération de Nelson Mandela.

18 mai 1990
Le TGV bat le record de vitesse sur rail avec 515 km/h.

17 janvier 1991
Déclenchement de l'opération aérienne « Tempête du désert », qui sera suivie de l'opération « Sabre du désert », phase terrestre de la première guerre du Golfe destinée à libérer le Koweït des troupes de Saddam Hussein.

2 mars 1991
Mort de Serge Gainsbourg.

21 mai 1991
Rajiv Gandhi, Premier ministre indien, est assassiné par des membres de l'organisation des Tigres tamouls, du Sri Lanka.

26 juin 1991
La Slovénie devient indépendante après une guerre victorieuse contre l'armée serbe.

18 août 1991
Tentative de putsch communiste à Moscou. Boris Eltsine met en déroute les putschistes, mais Mikhaïl Gorbatchev est affaibli. Le 25 décembre, il démissionne de la présidence de l'Union soviétique, qui sera officiellement dissoute le lendemain.

29 septembre 1991
En Haïti, coup d'État contre le prêtre-président Jean-Bertrand Aristide.

Il s'agira de ne pas (trop) perdre la face.

signature de nos parents et éviter ainsi de s'en attirer les foudres.

Nous découvrons également de nouvelles matières : une langue vivante, généralement l'anglais, la physique, et bientôt le latin.

À la cité, les animateurs de la maison de quartier s'efforcent de canaliser notre énergie en organisant des tournois de dames, d'échecs et de ping-pong. Ils nous emmènent en excursion, au musée du Louvre, au château de Versailles, à la tour Eiffel. Au Louvre, nous découvrons l'étrange pyramide de verre que le président Mitterrand a décidé de construire. Au Trocadéro, un pigeon – un seul – lâche une fiente – une seule – sur notre groupe. Je suis l'heureuse élue. Je peste.

Je vous ai apporté des bonbons

Ce n'est pas parce qu'on est au collège qu'on en oublie pour autant de dévaliser régulièrement la boulangerie. Parmi nos bonbons préférés, cette poudre dans laquelle on trempe une sucette, qui claque dans la bouche comme si on y fabriquait du pop-corn, et qui finit par se transformer en chewing-gum. On apprécie aussi le bubble-gum en tube et les colliers multicolores en sucre, sur lesquels on se casse les dents.

Mort du communisme soviétique

Dès 1980, le bloc communiste est ébranlé par les grèves de Gdansk. Les ouvriers des chantiers navals polonais se révoltent contre le régime dont ils sont censés être la base sociale. La vigueur de leur mouvement doit beaucoup à l'élection, en 1979, du pape polonais Jean-Paul II, qui donne des ailes aux dissidents de la très catholique Pologne.
Cette crise n'atteint pas l'Union soviétique mais, dans les années qui suivent, Moscou connaît une série noire avec les morts successives de trois dirigeants en quatre ans : Leonid Brejnev, Konstantin Tchernenko et Iouri Andropov. Effrayé par la fragilité de ses vieillards conservateurs, le Soviet suprême choisit, pour les remplacer, le jeune Mikhaïl Gorbatchev (57 ans). Résolu à réformer en profondeur le système soviétique, celui-ci accélère le mouvement en jouant le jeu de la transparence lors de la catastrophe nucléaire de Tchernobyl. En reconnaissant l'ampleur du désastre, il entend démontrer la nécessité des réformes. Mais, bien vite, l'ensemble du système communiste, bâti depuis des décennies sur les mensonges de la propagande, se verra discrédité aux yeux des citoyens.
Dans les démocraties populaires d'Europe de l'Est, les mouvements d'opposition se renforcent. Une fois de plus, la Pologne montre la voie. Le syndicat indépendant Solidarnosc y est légalisé en avril 1989 ; ses candidats triomphent aux élections législatives deux mois plus tard. Début octobre, en Hongrie, le parti communiste s'autodissout. Quelques semaines plus tard, Erich Honecker, le chef de l'État est-allemand, est contraint à la démission. Le 9 novembre, la foule ouvre une brèche dans le mur de Berlin. En Tchécoslovaquie, la révolution de Velours provoque la chute du régime. En Roumanie, le dictateur communiste Nicolae Ceausescu réprime dans le sang plusieurs manifestations, mais sera renversé et exécuté avec sa femme le jour de Noël. Peu de temps après, l'Union soviétique éclate ; elle sera officiellement dissoute en 1991.

Les sorties permettent de canaliser notre énergie.

Radio Loustic

Notre cité continue de se dégrader. Après dix ans de banlieue et de HLM, les parents veulent déménager : ils décident d'acheter un terrain pour y construire une maison à 80 kilomètres de la capitale. Malheureusement, la société où mon père travaille est rachetée, l'usine délocalisée : les ouvriers devront déménager ou chercher un autre emploi. Mon père choisit de garder la maison, encore inachevée : deux chambres seulement sont aménagées. Tous les enfants s'entassent dans l'une d'elles, sur des lits superposés.

Les parents sont endettés à cause de la maison, puis étranglés financièrement car Papa se retrouve au chômage. Mais, pour nous aussi, c'est la crise : nous

À l'époque, le legging s'appelait encore « caleçon ».

avons perdu tous nos copains de la cité, ainsi que nos chers voisins. Nous avons même perdu la télévision – le poste nous a suivis dans le déménagement, mais nous n'avons pas d'antenne.

En attendant, nous découvrons la radio. Superloustic est la station des enfants. On y entend les génériques des dessins animés dont nous sommes privés. Il y a aussi le monstre Dramalcar (maître de l'univers et de la galaxie), les cow-boys Billy et Roy la fripouille, l'inspecteur Scott, les animateurs Magnum et Dark Angel, Amandine, le capitaine Franck... et tout un monde d'effets sonores vibrants.

Superloustic est une radio spécialement destinée aux enfants âgés de moins de 15 ans. C'est la seule du genre en Europe. Si elle fait un tabac auprès des enfants, la publicité ne suit pas, et l'argent vient rapidement à manquer. En juin 1992, la station est sur le point de disparaître. Elle lance un appel aux auditeurs. Les gamins cassent leur tirelire et seront 1 million à signer la pétition, mais cela ne suffira pas à sauver la radio. Superloustic disparaîtra quelques mois plus tard.

Une maîtrise parfaite du fosbury.

Intégration

Notre nouvelle maison n'est pas tout à fait à la campagne, mais déjà en province. À l'école, nous sommes les seuls noirs. Notre façon de parler étonne les autres élèves : c'est comme si nous venions d'un autre monde, bien plus

Six enfants font la fierté des parents.
Et le cousin semble presque jaloux.

remuant. Nous avons l'impression de connaître nettement plus de choses que ces enfants-là, qui, pour la plupart, n'ont jamais pris le train et n'ont jamais mis les pieds à Paris. Mais ils ont un bien meilleur niveau que dans la cité et je me dois me battre pour avoir la moyenne. En quatrième, je suis élue déléguée. Si ça, ce n'est pas de l'intégration...

Au début, nous n'avons que des autochtones comme voisins. Les différences de mœurs sont spectaculaires : la plupart de nos camarades doivent être de retour chez eux à sept heures, sous peine de ne pas manger. Nous sommes plus libres. Mais, pendant que la plupart de nos copains partent en vacances, nous restons coincés à la maison. Nous improvisons un terrain de base-ball près de la maison et nous faisons du vélocross dans les bois.

Bientôt, la population de notre quartier change et nous ne sommes plus les seuls extra-terrestres : Ivoiriens, Arméniens, Guadeloupéens et banlieusards viennent peu à peu grossir les rangs.

Pierre Desproges : étonnant, non ?

Il a osé dire « Plus cancéreux que moi, tumeur ! » et il a inventé le proverbe « Noël au scanner, Pâques au cimetière ». C'est donc un cancer qui l'envoie au Père-Lachaise, au printemps 1988. Pierre Desproges aimait répéter qu'il faisait l'humoriste pour nourrir sa famille – « J'aurais pu faire pilote de camion-suicide au Liban, mais je n'ai pas le permis. »
Estimant que l'on peut rire de tout (mais pas avec n'importe qui), il affectionnait les sujets glissants. Le judaïsme : « Je suis fier d'être citoyen de ce beau pays de France où les juifs courent toujours. » L'islam : « Les animaux sont moins intolérants que nous. Un cochon affamé mangera du musulman. » Le métissage : « Yannick Noah, vous êtes né d'une mère blanche et d'un père noir... Remarquez, j'ai bien découvert l'amour avec un père blanc sur la mer Noire. »
Dans « Le Tribunal des flagrants délires », sur France Inter, il a affronté le rictus de Jean-Marie Le Pen avec ce réquisitoire : « Il y a plus d'humanité dans l'œil d'un chien quand il remue la queue que dans la queue de Le Pen quand il remue son œil. »
Pierre Desproges haïssait les coiffeurs, les militaires et les incultes. « Qu'importe la culture ? disait-il. Quand il a écrit Hamlet, *Molière avait-il lu Ronsard ? Non. »*

Desproges est mort à 49 ans. Dans son *Almanach*, il conseillait aux femmes : « Pour rester belles, suicidez-vous à 39 ans. »

Ultime symbole de la guerre froide, le mur de Berlin tombe le 9 novembre 1989.

Dur dur d'abandonner son pyjama Mickey…

Brassage

À partir de la classe de quatrième, nous sommes invités dans des boums, celles-là même que la génération de nos parents appelait « surpats' ». Elles sont souvent organisées dans un garage décoré pour l'occasion. Chacun amène sa « compil » préparée sur une cassette. Le tube de l'époque est un slow du groupe allemand Scorpions, *Wind of Change* (« Le vent a tourné »).

C'est la grande époque des voyages scolaires : nous partons en Espagne en car et passons notre temps à visiter des monuments et des musées. Avec une copine de classe, je loge chez une vieille dame sans enfants qui nous prépare des tortillas, des tortillas et des tortillas. Nos conversations sont difficiles car elle parle comme une mitraillette et ne nous prête aucune attention quand nous lui demandons de détacher les mots.

Michel Rocard a mis fin à la dernière guerre coloniale française en 1988, en Nouvelle-Calédonie. Mais l'amnistie accordée après la tuerie d'Ouvéa n'empêchera pas l'assassinat, un an plus tard, du leader indépendantiste kanak Jean-Marie Tjibaou.

Mourir à Ouvéa

À l'autre bout du monde, en Nouvelle-Calédonie, la France mène sa dernière guerre coloniale. Depuis la fin des années 1970, les Kanak – indigènes mélanésiens – revendiquent l'indépendance, bien qu'ils ne représentent que 43 % de la population locale. Face à eux, on trouve des Polynésiens, des Européens fraîchement débarqués de métropole et des Caldoches, plus nombreux, dont les ancêtres étaient parfois des déportés de la Commune de Paris, arrivés au XIXe siècle. Minoritaires dans leur propre pays, les Mélanésiens sont marginalisés. La revendication indépendantiste est un moyen de

faire valoir leurs droits. En 1984, le mouvement se durcit : boycott des élections, occupation de terres. Deux leaders kanak sont exécutés par des tireurs d'élite de la gendarmerie, dix autres tombent dans une embuscade tendue par un groupe de Caldoches et sont fusillés.
Le juge d'instruction chargé de l'enquête prononce un non-lieu pour légitime défense, mais la protestation des Kanak oblige le parquet à faire appel. Les auteurs de la tuerie sont finalement jugés par la cour d'assises de Nouméa en octobre 1987, et acquittés par le jury, composé uniquement d'Européens.
Quelques jeunes Kanak, révoltés par l'injustice et la surdité du pouvoir local, décident de prendre les armes. Lors de l'attaque d'une gendarmerie sur l'île d'Ouvéa, en avril 1988, 4 gendarmes sont tués et une vingtaine d'autres sont pris en otages dans une grotte. Le GIGN intervient : tous les otages sont libérés, mais 2 militaires et 19 preneurs d'otages sont tués.
Vingt ans après, Michel Rocard, le Premier ministre qui a permis le rétablissement de la paix en Nouvelle-Calédonie, reconnaît que l'amnistie décidée après la tuerie d'Ouvéa a servi non seulement à apaiser les tensions, mais aussi à couvrir les exactions commises par les forces de l'ordre lors de l'assaut d'Ouvéa : « Deux des blessés ont été achevés à coups de bottes par des militaires français. »

La libération de Nelson Mandela en 1990 annonce la fin de l'apartheid en Afrique du Sud.

Starting-blocks et galère

Au collège, le professeur de sport a tôt fait de nous repérer, mon frère et moi. Nous voilà inscrits dans l'équipe de basket et au club d'athlétisme : sprint et lancer de poids. Pour l'athlétisme, le club fournit toute la panoplie des champions – chaussures à pointes, starting-blocks, pistolet pour le coup d'envoi… J'aime le frisson qui précède la détonation. Nous participons à des compétitions dont nous ramenons des coupes et des médailles. Comme Raymond Poulidor autrefois, je suis abonnée aux troisièmes places, en minimes, puis en cadets. Un jour, nous participons à un meeting d'athlétisme à Paris, au stade Charléty. Même frisson, mais dans un décor grandiose.

Depuis que Papa est au chômage, nos parents n'ont plus les moyens de payer les factures de la cantine ni du car scolaire. Nous sommes aussi privés de sorties et de gadgets à la mode.

C'est pourtant l'époque des mini-consoles de jeu. La société japonaise Nintendo sort sa Game Boy en 1990. Elle en vendra 118 millions à travers le monde. Le déclic est venu d'un jeu appelé « Tetris », une sorte de puzzle électronique mobile inventé par un informaticien russe. Dès que l'on commence à manipuler ces petits rectangles, on ne peut plus s'arrêter : le jeu agit comme une drogue.

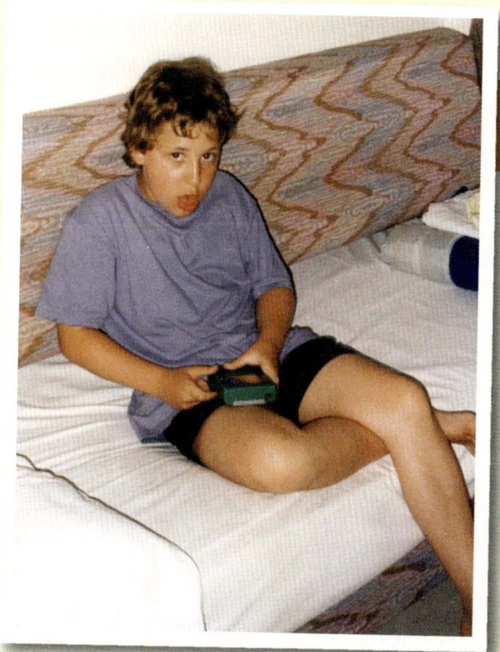

La Game Boy est la star incontestée de ces années-là.

L'affaire du sang contaminé

En avril 1991, L'Événement du jeudi *publie un article d'Anne-Marie Casteret accusant le Centre national de transfusion sanguine (CNTS) d'avoir distribué à des hémophiles, de 1984 à 1985, du sang contaminé par le virus du sida, en toute connaissance de cause. En 1986, le CNTS estime à 2 000 le nombre d'hémophiles séropositifs, dont plusieurs centaines contaminés durant la période incriminée.*
Le 23 octobre 1992, quatre médecins, dont l'ancien directeur du CNTS, Michel Garretta, sont jugés pour tromperie et non-assistance à personne en danger. En 1999, ce sera le tour de Laurent Fabius, Premier ministre à l'époque ; de Georgina Dufoix, ancienne ministre des Affaires sociales, à qui il était reproché d'avoir freiné la mise en place du dépistage systématique et qui s'est dite « responsable mais pas coupable », ainsi que d'Edmond Hervé, alors secrétaire d'État à la Santé, de comparaître pour homicides involontaires.
En 2003, un non-lieu général a été confirmé par la Cour de cassation.
En 2000, NTM chantait dans C'est arrivé près de chez toi *: « Y'a des ex-nouveaux ministres grillés / Qui viennent parler, se faire réélire à la télé / Briller, crier leur innocence, prier / Pour qu'on oublie que l'histoire du sang contaminé / C'est pour du fric qu'ils l'ont pas trié. »*

1992-1995

Restons zen !

Un peu d'insouciance après les années de galère.

Un peu d'insouciance

Victoire ! Papa a passé un concours et devient jardinier municipal de la Ville de Paris. Pour tailler des haies, planter des arbrisseaux et élever des fleurs, il doit prendre le train très tôt. Dans quelques années, ils seront plus d'un millier à faire la navette comme lui, levés avant l'aube, rentrés au coucher du

Chronologie

7 février 1992
Signature du traité de Maastricht, qui transforme la Communauté européenne en Union européenne.

12 avril 1992
Ouverture du parc Eurodisney.

23 mai et 19 juillet 1992
En Italie, assassinat, par la mafia, des juges Giovanni Falcone et Paolo Borsellino.

29 juin 1992
Assassinat du président algérien Mohamed Boudiaf par un islamiste.

9 décembre 1992
Début de l'opération « Restore Hope » en Somalie, où la guerre civile aggrave les effets de la famine. Un an plus tard, après l'assassinat d'un soldat américain et la profanation de son corps par la foule devant les caméras de CNN, Bill Clinton annonce le retrait des troupes américaines.

1er mai 1993
Suicide de l'ancien Premier ministre Pierre Bérégovoy.

6 avril 1994
L'avion des présidents rwandais et burundais est abattu à Kigali, ce qui déclenche le génocide rwandais. Il fera environ 1 million de morts en une centaine de jours.

26 décembre 1994
À Alger, les passagers d'un Airbus d'Air France sont pris en otages par des membres du Groupe islamiste armé. Les gendarmes du GIGN parviendront à abattre le commando lors d'une escale à Marseille.

7 mai 1995
Jacques Chirac remporte l'élection présidentielle contre Lionel Jospin, avec 52,8 % des voix.

25 juillet 1995
À Paris, l'attentat du RER à la station Saint-Michel, revendiqué par les Groupes islamistes armés algériens, fait 8 morts. Khaled Kelkal, son auteur, sera abattu par les gendarmes de l'EPIGN deux mois plus tard.

4 novembre 1995
Le Premier ministre israélien Yitzhak Shamir, qui a signé les accords de paix d'Oslo avec le leader palestinien Yasser Arafat, est assassiné par un extrémiste juif.

Si l'entreprise Walt Disney se méfiait de la « révolution permanente » et des « défilés syndicaux » en France, elle finira quand même par y ouvrir un parc.

soleil. Un jour, la capitale étendra ses tentacules jusqu'à des centaines de villages comme le nôtre, pour y prélever de la main-d'œuvre dans les lotissements-dortoirs qui poussent comme des champignons jusqu'au dernier recoin d'Île-de-France.

En 1992, ce n'est encore que la grande couronne parisienne qui connaît le ballet quotidien des « petits gris ». Mais bientôt, ces affreux trains de banlieue, hérités des années 1960, viendront jusque chez nous prendre leurs chargements d'ouvriers et d'employés, pour les déverser chaque jour dans la fourmilière parisienne.

Ce nouvel emploi est pour nous une délivrance. C'est aussi la promesse de belles vacances, car tout fonctionnaire originaire des Antilles a droit aux « congés bonifiés », qui lui permettent de retourner au pays avec sa famille tous les trois ans. Notre vie devient moins austère, plus insouciante. Il est temps de faire la fête.

Nous sortons notre radiocassette pour écouter de la musique. On danse sur le groupe allemand Snap!, les rappeurs américains Public Enemy et Kris Kross, ou le Belge Benny B., qui est « maroxellois », c'est-à-dire bruxellois d'origine marocaine. Le mouvement rap et hip-hop se popularise en France avec IAM, qui sort ... *de la planète Mars* en 1991 et *Ombre est lumière* en 1993. Nous n'oublions pas non plus le zouk, avec le fameux groupe Kassav et la Compagnie créole.

Magic Johnson

L'entrée au lycée m'a séparée de mes copines, que je retrouve au club de basket pour chauffer l'ambiance dans le car vers les compétitions. Je chante « On est les champions », coiffée d'une perruque verte et blanche.

Avec des amies, nous allons souvent assister aux matchs de basket dont mon frère est la vedette. Un jour, il deviendra semi-professionnel ; en attendant, il nous régale gratuitement avec des figures spectaculaires comme le smash en arrière. Parfois, nous allons chez des voisins abonnés à Canal+ pour regarder

Les consoles de jeux vidéo sont de plus en plus développées.

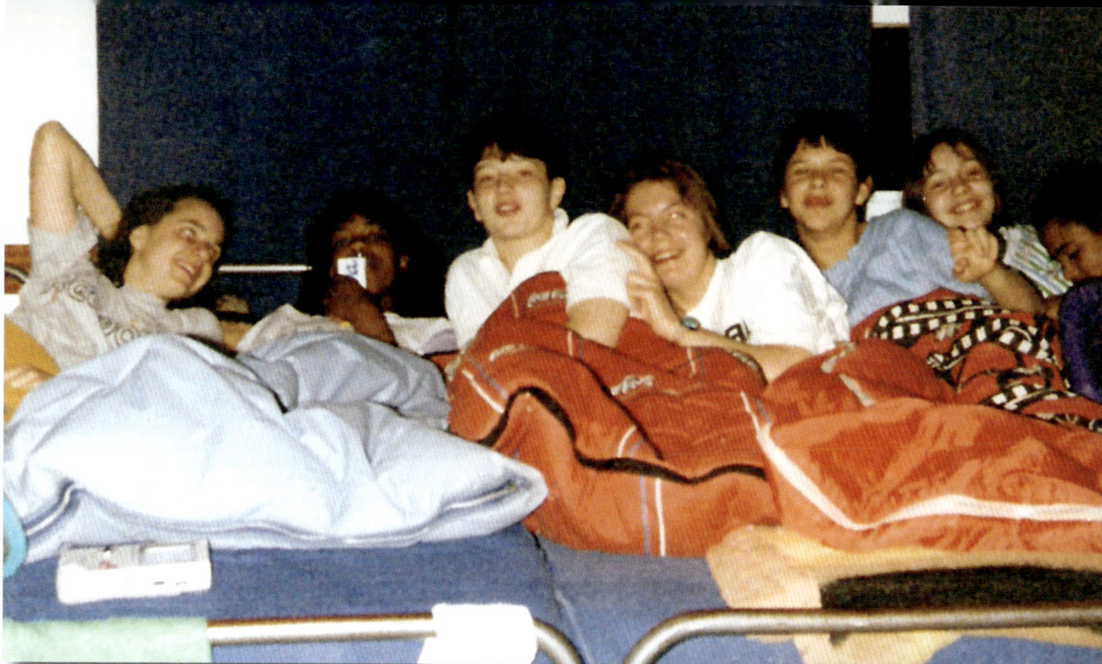

Les basketteuses en déplacement : comme des sœurs.

les matchs de la NBA avec Michael Jordan, Magic Johnson, Scottie Pippen ou encore Larry Bird des Celtics de Boston, un des seuls blancs parmi l'élite du basket américain.

À cette époque, nous admirons aussi les stars de l'athlétisme français comme Marie-José Pérec et Stéphane Diagana. Un jour, Jean-Charles Trouabal, recordman du monde du 4x100 mètres et double champion d'Europe, vient dans notre lycée pour animer un stage avec le professeur d'éducation physique. Nous sommes prêts à devenir, nous aussi, des dieux du stade.

Mais je m'achemine vers une fin de carrière sportive prématurée : quelques années après l'épisode de la luge, j'ai la bonne idée de chiper la mobylette d'un copain et je heurte violemment une voiture par l'arrière. Poignet cassé, hôpital, plâtre, le tout ajouté aux foulures et entorses du sport et à une opération du genou : au bout du compte, je dois arrêter le sport. Fin de l'épisode casse-cou.

Le plâtre au poignet est le résultat d'un exploit à mobylette

« Nanard » pris au piège du sport et de la politique.

Tapie : le flambeur grillé

Pendant longtemps, tout sourit à Bernard Tapie : émissions de télévision, cyclisme, voile, football, politique, business. En 1990, il rachète Adidas, ancien numéro un mondial de vente d'articles de sport. En 1992, il entre au gouvernement. Pour ne pas mélanger politique et affaires, il doit revendre Adidas et confie l'opération à la banque qui l'a toujours soutenu, le Crédit lyonnais. Il reste président de l'Olympique de Marseille qui, sous sa conduite, remporte la coupe d'Europe en 1993. Tapie est alors porté en triomphe par ses joueurs.
Un mois plus tard, la police découvre 250 000 francs enterrés dans un jardin du Nord de la France. Des dirigeants marseillais sont accusés d'avoir corrompu plusieurs joueurs du club de Valenciennes pour éviter une blessure à leurs joueurs avant la finale européenne. Le scandale n'empêche pas Bernard Tapie de devenir tête de liste des Radicaux de gauche pour les élections européennes. Mais, au même moment, il est lâché par le Crédit lyonnais, qui lui réclame plus de 1 milliard de francs et demande sa mise en faillite personnelle. Aux élections de juin 1994, sa liste Énergie radicale obtient 12 % des voix, un record pour un parti qui n'a jamais atteint 3 % à une élection nationale. Cette dernière victoire politique semble précipiter la chute de Bernard Tapie. Ses meubles et

son yacht sont saisis à la demande du Crédit lyonnais. Opération dérisoire tandis que la quasi-faillite de la banque, liée à des investissements inconsidérés aux États-Unis, coûtera 150 milliards de francs aux contribuables français.
Au cours du procès de l'Olympique de Marseille, Tapie avoue : « J'ai menti, mais de bonne foi. » Il fait éclater de rire la France entière. Tarif : dix mois de prison ferme. Il y passera six mois.
Symbole des années fric et bluff, méprisé par l'élite politique et la bourgeoisie héréditaire, il reste aimé par une majorité de Français qui voient en lui un enfant de banlieue courageux et culotté. Avant d'entamer une carrière de comédien, Bernard Tapie aura le temps de découvrir qu'il a été escroqué par le Crédit lyonnais, la banque ayant racheté elle-même en sous-main le groupe Adidas avant de le revendre deux fois plus cher.

Infantes d'Espagne dans leur château.

Tempête

Le temps des vacances est arrivé. Nous nous installons dans un camping en bord de mer près de chez ma tante, laquelle finira par m'héberger. La vie au grand air, les araignées, les moustiques et les bourrasques d'eau salée, très peu pour moi ! Je n'échappe pas à toutes les visites familiales, avec leurs sempiternelles banalités qui m'horripilent, comme toute bonne adolescente : « Oh, qu'elle a grandi ! », « Ah, la vraie jeune fille ! » Mais qu'ils se taisent !

L'adolescence n'est pas bien vécue par tout le monde – coups de colère, boutons, mais aussi premiers flirts font désormais partie de notre quotidien. Notre entrée dans la sexualité sera fortement marquée par le sida. Destinataire de multiples campagnes de prévention, menées aussi bien au lycée qu'à la télévision, notre génération ne pourra ainsi quasiment pas concevoir un premier rapport sans préservatif.

À l'adolescence, il nous paraît primordial de montrer à quel camp nous appartenons en soignant notre style : survêtements à capuche pour les amateurs de hip-hop, jeans troués et Dr. Martens pour les « grunges » et les « hardos », couleurs fluo pour les amateurs de techno.

C'est aussi le moment des grandes revendications : nous étions trop jeunes pour protester en 1986 contre le projet Devaquet, mais nombre d'entre nous manifesteront en 1994 contre le CIP (contrat d'insertion professionnelle), qui prévoit de payer les jeunes de moins de 25 ans 80 % du SMIC. Le projet sera abandonné.

Chacun cherche son style.

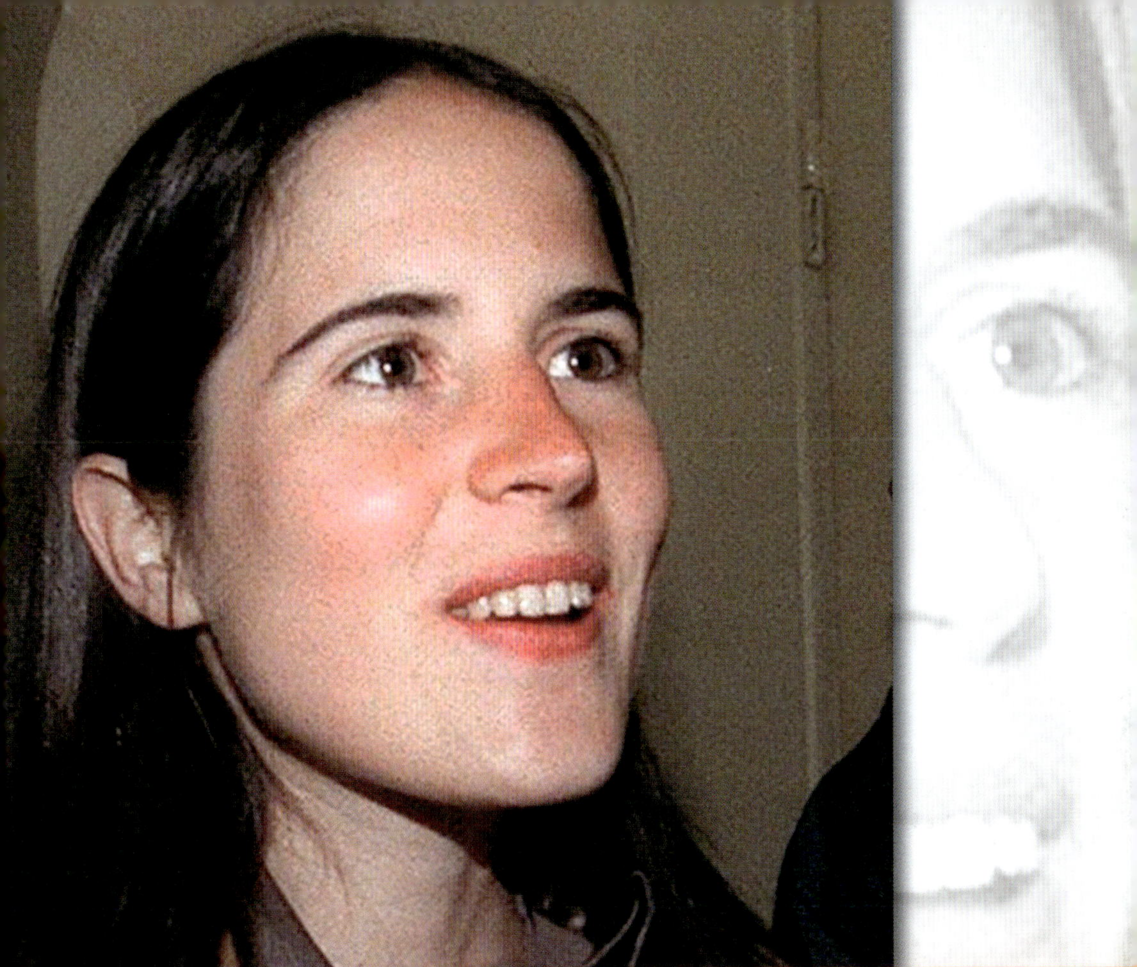

Sortie de l'ombre en 1994, la fille cachée de François Mitterrand devient la coqueluche des médias.

Mazarine, 20 ans

Le 3 novembre 1994, l'hebdomadaire Paris Match *révèle que le président de la République a une fille... cachée depuis vingt ans. Mazarine avait 7 ans quand son père est entré au palais de l'Élysée, en 1981. Petite fille anonyme, elle est alors devenue secret d'État. L'homme qui a créé le corps des « super gendarmes », le GIGN, a été chargé de la protéger. Un garde du corps dort dans l'appartement de sa maman, des gendarmes l'accompagnent à l'école et l'appellent « la petite demoiselle ». Un écrivain tente de révéler son existence : il est harcelé, son téléphone est placé sur écoute. Le Président a d'autres secrets à protéger : celui de son cancer, survenu l'année de son élection et soigneusement dissimulé jusqu'en 1992, mais aussi son passé politique – l'homme de gauche avait des amis d'extrême droite dans sa jeunesse et en a gardé quelques-uns.*

Mazarine est le seul secret qui soit joli et vivant. Elle grandit et devient une jeune fille épanouie, entre à l'École normale supérieure. Quand Paris Match *révèle son existence, photos à l'appui, on murmure que le Président a donné son accord : il met de l'ordre dans ses affaires. En 1995, il termine son second mandat. Fin décembre, il part en vacances en Égypte avec Mazarine. Il ne reviendra pas.*

Wait a minute!

Au lycée, c'est le temps des choix. Notre premier diplôme en poche, le brevet, nous devons maintenant nous décider entre la filière littéraire (A), économique (B) ou scientifique (S) pour la voie générale ; ou, si nous choisissons de nous professionnaliser, entre CAP, BEP et bac professionnel. Après le bac général, il faudra à nouveau choisir entre la fac, les classes prépa ou des filières plus courtes de type BTS.

Quant à moi, après un BEP, je trouve ma voie : bac professionnel option secrétariat. Lors d'un stage de six semaines en Angleterre, je travaille dans l'administration d'un collège. Mes débuts de standardiste sont laborieux. Au premier coup de fil, panique à bord : je parviens à bredouiller « *Wait a minute, please* » avant de courir chercher du renfort. Mon niveau d'anglais est honorable, mais le stress me paralyse et le décorum du collège m'impressionne. Ces élèves sont incroyables avec leurs uniformes impeccables…

C'est l'époque où les Anglais se passionnent pour un Français au tempérament explosif : Éric Cantona. Il est l'idole des supporters de Manchester et de bien d'autres. On l'adore, et pas seulement pour ses buts époustouflants

Ambiance dans les vestiaires du collège.

Ces raouts-là ne sont pas vraiment faits pour dormir…

et sa gueule de torero. Les Mancuniens raffolent de ses coups de sang sublimes. Il piétine de rage un joueur adverse, il agonit d'injures un arbitre. À un supporter qui l'insulte, il envoie une formidable ruade dans la poitrine. On l'appelle « *The enfant terrible* ».

Les pionniers du portable

Le premier téléphone portable français apparaît en 1993. Il s'appelle Bi-Bop, ressemble à un talkie-walkie et porte bien son nom de « portable », puisqu'il faut le porter sur de longues distances pour pouvoir téléphoner. En effet, les bornes-relais sont rares : même à Paris, la ville la plus équipée, il faut marcher parfois plus de cinq minutes pour passer un appel. À cette époque, le « réseau » est comme un filet à très grosses mailles.

Ce n'est qu'un peu plus tard que s'imposera la norme GSM (système global mobile). En 1995, des petits appareils appelés « Tam-Tam » et « Tatoo » font fureur auprès des adolescents. Ces « pagers » permettent d'envoyer de courts messages, ancêtres des SMS modernes. Ces gadgets compteront jusqu'à 1 500 000 utilisateurs, âgés, pour la plupart, de moins de 20 ans.

Jacques Chirac est élu Président en 1995 malgré l'opposition de son « ami de trente ans » Édouard Balladur, à qui la fonction de Premier ministre a donné des ailes.

Équipière polyvalente, mais zen

Retour au bercail. Un restaurant Maquedeau vient d'ouvrir à deux pas de chez nous, qui m'embauche pour les week-ends et les vacances scolaires. J'ai le titre d'« équipier polyvalent », ce qui veut dire moitié caissière, moitié préparatrice de hamburgers. Le soir, on boit un verre entre copines, on dîne dans un restaurant chinois. Je commence à sortir avec un garçon pour qui mes sentiments ne sont pas fulgurants – mais l'essentiel est de faire comme les autres...

Pour plus tard, je ne sais pas encore vraiment à quoi rêver. Nous vivons une époque trop agitée. Jacques Chirac a été élu Président en promettant de « réduire la fracture sociale ». Mais soudain, des bombes explosent, des grèves éclatent. Des millions de gens manifestent. En octobre, les journaux télévisés montrent des images d'islamistes algériens, de jeunes Beurs révoltés, de banderoles où il est question de retraites et de sécurité sociale. On n'a jamais vu autant de Français en grève depuis Mai 68.

Les voyages forment la jeunesse.

Nous atteignons l'âge de voter dans un pays fracturé, qu'il va falloir replâtrer. À l'affiche des cinémas, il y a *Le Péril jeune*, mais aussi *La Haine* et Le *Bonheur est dans le pré*. Que choisir ? Ni l'un, ni l'autre. Cette année-là, Zazie chante « Restons zen / du sang froid dans les veines / sans amour et sans haine ». Nous allons essayer sans haine. Mais sans amour, n'y comptez pas !

C'est le temps des conversations téléphoniques interminables... Les parents apprécient.

Souvenez-vous de vos **premières années...**

Nous, les enfants de...

77 titres, **de 1923 à 1999**, sont **déjà disponibles !**

Grandir à... / Notre enfance

Retrouvez la région ou **la ville** qui vous a vu grandir.

Hier et aujourd'hui

Laissez-vous entraîner dans le **passé...**

De nombreux autres titres sont en préparation.
Pour plus d'informations, retrouvez-nous sur notre site : www.editions-wartberg.com

Éditions Wartberg | Un département de
Wartberg-Verlag GmbH
Im Wiesental 1
34281 Gudensberg-Gleichen
Allemagne

Diffusion – Distribution SOFED
11, rue Soufflot,
75005 Paris
Tél. 01.53.10.25.25, Fax 01.53.10.25.2